EL REBELDE DE LA PATINETA

POR JAKE MADDOX

illustrado por Sean Tiffany

texto por Bob Temple
traducción por Claudia Heck
y Susana Schultz

STONE ARCH BOOKS
a capstone imprint

Jake Maddox Books are published by Stone Arch Books,
A Capstone Imprint
1710 Roe Crest Drive
North Mankato, Minnesota 56003
www.capstonepub.com

*Cataloging-in-Publication Data is available at the Library of Congress
website.*

ISBN: 978-1-4342-3816-0

Summary: Tanner Ryan odia todo acerca de la ciudad nueva a la que se
mudó. Todos sus amigos viven en la otra ciudad y lo único que le gusta de
Woodville es la alberca de su casa. Hasta que descubre las Curvas, el lugar
más increíble para usar la patineta. Desafortunadamente, el mismo día que
encuentra las Curvas, conoce a Bennett Parsons III, el vecino intimidador.
Y la gente que vive allí no está contenta de que Tanner ha estado usando
la patineta en toda la ciudad. ¿Podrá Tanner encontrar nuevos amigos y
divertirse haciendo lo que le gusta? ¿O tendrá que resignarse a vivir sin
patineta?

Printed and bound in Canada.
009752R

TABLA DE CONTENIDOS

Capítulo 1
El rey del parque 5
Capítulo 2
La gran sorpresa. 9
Capítulo 3
La casa nueva. 13
Capítulo 4
Prohibido 18
Capítulo 5
Descubriendo las Curvas 23
Capítulo 6
Bennett Parsons III 30
Capítulo 7
Caras conocidas. 38
Capítulo 8
Un plan nuevo 44
Capítulo 9
La gran idea. 48
Capítulo 10
El gran día. 52
Capítulo 11
A encontrar a BP III. 57
Capítulo 12
Un aliado clave 60

Tanner Ryan inclinó la parte delantera de su patineta sobre el borde de la rampa. Su pie trasero sostuvo la cola de la patineta en posición. Su pie delantero golpeó el borde de adelante que estaba muy gastado.

Tanner miró la patineta. Todos los deslizamientos y la fricción sobre la patineta durante el último año la habían dejado en malas condiciones. Era hora de tener una nueva, pensó. Pero estoy seguro que no sucederá hasta mi cumpleaños.

Dos meses más. Va a ser difícil esperar. Sin embargo, podría ser más difícil separarse de la patineta que lo ayudó a ganar el primer Desafío de Patineta de la Ciudad.

Los ojos de Tanner examinaron a los otros patinadores más jóvenes que se movían rápidamente por el parque. Los niños pequeños iban y venían entre las rampas más chicas.

Tanner sonrió. No hacía mucho que él había sido uno de esos niños pequeños. Ahora estaba parado en la cima de la rampa en forma de U llamada halfpipe, la más grande de la ciudad.

"Tanner, ¿qué estás esperando?" dijo una voz que venía del otro lado de la rampa. Era Billy Collins, uno de los mejores amigos de Tanner que patinaba con él. "¡Veamos que tienes para mostrarnos hoy!"

Tanner se rió irónicamente.

"Seguro mucho más de lo que tú tienes para mostrar", dijo.

Después de decir eso, inclinó la tabla hacia adelante y rodó por la rampa. Se dirigía derecho hacia Billy, que estaba parado arriba del lado opuesto de la rampa. La sonrisa irónica de Tanner aumentaba mientras subía al borde más lejano de la rampa.

Tanner corrió a gran velocidad en el borde superior de la rampa. Él voló hacia arriba haciendo un giro perfecto de 360 grados, llamado tres-sesenta, enfrente de la cara de Billy, y se lanzó hacia abajo en la half-pipe. "¡Qué te pareció!" Tanner le dijo a Billy.

Billy se rió, luego saltó hacia la parte de abajo de la rampa, yendo atrás de Tanner. Se pasaron el resto del día persiguiéndose uno al otro probando trucos nuevos.

Cada chico trataba algo nuevo y el otro trataba rápidamente de igualarlo.

Al fin del día, estaban verdaderamente muy cansados y doloridos. Aún con todo lo que usaban para protección, terminaron con algunos golpes y moretones. Los pantalones de Tanner que ya estaban rasgados a causa de muchas caídas, hoy estaban más rotos.

Finalmente, era hora de irse a sus casas. Tanner y Billy fueron juntos, friccionando las patinetas sobre los bordes de las aceras y saltando sobre las aceras rajadas y sobre todo lo que encontraran en su camino. Cuando llegaron a una cuadra de la casa de Tanner, Billy dobló en una calle diferente. "Te alcanzo luego", dijo.

"Tú nunca me alcanzarás", dijo Tanner riendo.

Tanner rodó en su patineta hasta su casa. Él era todavía el que mejor andaba en la patineta en el parque. Pero no sabía la sorpresa que lo esperaba en su casa.

Capítulo 2

Tanner entró rodando en el fondo de su
casa. Hizo saltar la patineta hasta agarrarla
con su mano derecha, abrió la puerta y
entró a la casa.

"¿Tanner? ¿Eres tú?" su padre llamó desde
la cocina. "¡Ven aquí, rápido! ¡Tenemos una
sorpresa para ti!"

¡Al fin! pensó Tanner. ¡Finalmente
decidieron comprarme una patineta nueva!

Tanner entró en la cocina. Miró en la
cocina rápidamente.

No había ninguna patineta que él pudiera ver. Pero ambos padres lo miraban muy sonrientes. Tanner se quedó parado en la entrada de la cocina.

Algo estaba pasando. Normalmente, estarían preparando la comida y sus padres le preguntarían sobre su día.

En vez de eso, ellos solo lo miraron, sonriendo. "¿Qué pasa?" preguntó Tanner. "Ustedes están actuando muy raros".

"Tenemos noticias importantes", dijo el padre de Tanner. "Me ascendieron en el trabajo".

"Oh, qué bien", dijo Tanner.

"Tanner", su madre dijo. "Esta es realmente una buena noticia. Tu padre trabajó mucho para lograrlo".

"Oh, lo sé", dijo Tanner. Le costó parecer más contento sobre eso.

"Quiero decir, es muy bueno. Te felicito, Papá". Tanner se sintió incomodo. Trató de irse de la cocina.

"Espera, Tanner", dijo su madre. "Hay algo más que queremos decirte. Tu padre va a trabajar en una oficina diferente", dijo. "En las afueras de Woodville. Cerca de mi oficina".

"Oh, qué bueno", dijo Tanner a su madre. "Podrán ir juntos a trabajar".

Otra vez, Tanner trató de irse de la cocina. Finalmente, sus padres no pudieron esperar más en decirle.

"Tanner", dijo su mamá, "no vamos a ir juntos".

Hubo una pausa. Tanner comenzó a darse cuenta que no le iba a gustar lo que le iban a decir a continuación.

"Nos vamos a mudar", dijo su papá.

Capítulo 3

La casa nueva

Parecía como que Tanner no había tenido tiempo de prepararse. En un mes, la casa se había vendido y se estaban mudando. Le costaba creer lo que estaba pasando.

Woodville se encontraba solo a una hora de distancia. Podrían haber sido un millón de millas para Tanner. No estaría cerca de su amigo Billy. No estaría cerca del parque de la ciudad que él quería tanto donde usaba la patineta. No estaría cerca de nadie conocido.

Sus padres compraron una casa nueva lujosa en un vecindario muy lindo. No se parecía para nada a lo que Tanner estaba acostumbrado. La casa nueva tenía dos plantas.

La habitación de Tanner era dos veces más grande que su habitación en la casa vieja.

Había una habitación separada que sus padres convirtieron en una sala de juegos para Tanner. Tenía una televisión con una pantalla gigante para los videojuegos y una mesa de billar.

Los padres de Tanner pusieron la computadora de la familia también en esa habitación. Tanner supo que pasaría mucho tiempo allí.

La mejor parte de la casa nueva estaba en el jardín de atrás. Había una alberca enorme.

La noche que se mudaron, Tanner prendió su computadora.

Cuando vio que Billy estaba conectado, le envió un mensaje.

"No me vas a creer sobre mi casa", escribió Tanner.

"¿Grande?" contestó Billy.

"Buenísima", escribió Tanner. "Alberca y sala de juegos. Tienes que venir a verla".

"Afortunado", escribió Billy.

Tanner no estaba seguro. Era verdad, el vecindario nuevo no se parecía para nada al vecindario antiguo. Pero eso era parte del problema. Tanner no se sentía cómodo en el vecindario nuevo.

Todos los días después de la escuela, Tanner se subía a su patineta y exploraba el área. Iba y venía rodando por las calles. Golpeaba con la patineta los bordes de las aceras. Practicaba hacer girar la patineta en el aire y caer sobre ella, lo que se llama kick flip, luego saltar en el aire con la patineta que parece que cuelga de los pies, llamado olliee y hacer que la patineta gire completamente en el aire llamado uno-ochenta.

No había ningún parque destinado para andar en patinetas. Lo que encontró fue el césped bien cuidado y jardines perfectos con flores. Lo peor era que las aceras y los cruces de las calles eran de piedra. Eso hacía que usar la patineta fuera complicado.

Encontró algunos escalones y barandas que podía usar para practicar sus trucos, cerca de la zona comercial en la ciudad. Sin embargo, cuando trató de usarlos durante el día, los dueños le pidieron que dejara de hacerlo.

Tanner se sentía solo. Intercambiar mensajes con Billy tampoco lo estaba ayudando.

"Hoy vino un niño nuevo al parque", escribió Billy una noche. "Es muy bueno con la patineta".

"Aquí nadie usa patinetas", escribió Tanner. Después de tres semanas, Tanner no tenía ningún amigo.

Capítulo 4

Prohibido

Una noche después de la cena, sonó el timbre. Tanner se levantó de la computadora y se dirigió hacia la escalera.

Cuando llegó al final de la escalera, vio que su mamá ya había abierto la puerta. Ella estaba hablando con una señora que tenía un vestido muy elegante. Tanner la reconoció.

La señora vivía a unas casas de distancia. Un día Tanner estaba patinando y ella le gritó. Le dijo que se mantuviera fuera de su propiedad. Tanner estaba muy seguro que su visita no era de bienvenida al vecindario.

Tanner trataba de escuchar, pero no pudo escuchar todo.

"Esto tiene que terminar", decía la señora. "El voto fue unánime".

La mamá de Tanner se mostró agradable con la mujer, pero Tanner sabía que no estaba contenta. La invitó a que entrara a la casa, pero la mujer dijo que iba de camino a un concierto.

Cuando la señora se fue, Tanner comenzó a bajar las escaleras.

"¿De qué estaban hablando, Mamá?" dijo Tanner.

La mamá de Tanner se veía triste. "Bueno, tenemos un pequeño problema", dijo.

"Vamos a la sala y hablemos de esto todos juntos".

Tampoco a Tanner le gustó como sonó esa frase. Tenían que ser malas noticias.

"Esa era la señora Parsons", dijo la mamá de Tanner. "Ella es presidente del comité del vecindario".

"¿Sí?" Dijo Tanner. "¿Y qué?"

"Ella dijo que el comité está muy enojado con las marcas que la patineta deja en los bordes de las aceras y en las aceras", dijo la mamá de Tanner. "Y los dueños de las tiendas están enojados porque estás patinando sobre las barandas de las tiendas en la zona comercial".

"Es una pena para ellos", dijo Tanner. "Es un país libre".

"Es verdad, pero todos tenemos que seguir las reglas", dijo el papá de Tanner.

Él hizo una pausa y miró a Tanner. "Woodville es una comunidad con reglas. Cuando uno vive aquí, debe seguir las reglas del vecindario".

"¿Qué significa eso?" Tanner preguntó.

"Significa que todos acordamos seguir las reglas que dicta el comité", dijo la mamá de Tanner. "Desafortunadamente, en la reunión de hoy a la noche, acordaron una regla nueva".

"¿Cúal es?" preguntó Tanner.

"No se puede usar patinetas en las calles de la ciudad", dijo su mamá.

Capítulo 5

La mañana siguiente, Tanner se despertó sintiéndose que había tomado una determinación. Ató la patineta a la parte de atrás de la bicicleta y salió.

No iba a regresar hasta que encontrara un lugar para patinar, un lugar donde nadie pudiera decirle que no podía patinar ahí.

Su plan era salir de la ciudad de Woodville. Esperaba que un vecindario cercano fuera menos estricto sobre sus reglas.

No tuvo que ir muy lejos. Se encontró un parque a media milla de distancia.

Sabía que seguía en Woodville, pero el parque parecía un buen lugar para usar la patineta. Había curvas, caminos pavimentados que rodeaban todo el parque.

Se encontraba en Woodville, él pensó. Pero esos senderos no eran las calles de la ciudad. No me pueden impedir que patine aquí.

Luego lo vio.

En la parte más alejada de la ciudad, había una colina grande. De arriba hacia abajo, la colina se caracterizaba por tener un sendero con curvas. Estaba pavimentado perfectamente, con una mezcla de curvas cerradas con ángulos muy definidos y una pendiente grande colina abajo. El sendero seguía su camino en un jardín con flores y una fuente y una estatua de uno de los fundadores de la ciudad.

Tanner podía imaginar a los adultos que vivían en la ciudad realizando largas y tranquilas caminatas en la noche en ese hermoso parque. Sin embargo, durante la semana en un día de verano hermoso como ese, los senderos estaban vacíos. Algunos niños jugaban en el área de juegos con sus padres, pero nadie más estaba usando los senderos.

Tanner rápidamente condujo su bicicleta hasta el punto más alto del sendero. Se paró ahí, montado en su bicicleta, preguntándose si se atrevería a deslizarse hacia abajo en ese sendero inclinado.

Desde arriba, partes del sendero parecían como un arrecife. Cada curva parecía más peligrosa y excitante que la anterior.

Tanner se bajó de la bicicleta. Comenzó a desatar su patineta de la bicicleta.

Luego escuchó una voz.

"Oye, chico". Tanner comenzó a
patinar alrededor. Tres muchachos estaban
acercándose detrás de él. Estaban muy bien
vestidos. Tanner se preguntó qué pensarían de
él con sus jeans rotos y la camiseta gastada.

"¿Qué estás haciendo?" preguntó el
muchacho alto que se encontraba en el
medio.

Tanner movió sus rulos marrones fuera de
sus ojos. "¿Qué pasa?" dijo.

Los tres chicos se acercaron a Tanner.
Ninguno sonrió. El que estaba en el medio se
sacó la mochila de la espalda y la puso a un
costado.

A Tanner no le preocupaba pelear.
Estaban demasiado bien vestidos para querer
ensuciarse.

Miró la mochila del chico en el medio.

Tenía un monograma en el frente que decía "BP III". "Este es nuestro parque, eso pasa", dijo el muchacho en el medio. "¿Dónde vives?"

"Hacia ese lado", dijo Tanner, señalando en dirección a su casa. "Como media milla. Recién nos mudamos".

"Tú debes ser el patinador que volvió a todos locos", dijo él. "Tú tienes algunas cosas que aprender sobre Woodville".

"¿Como qué cosas?" dijo Tanner.

"Como que nadie anda en patineta aquí", dijo él.

"Bueno", dijo Tanner, "yo sí lo hago".

"No hacia abajo en las Curvas, eso no", dijo.

"¿Las Curvas?" dijo Tanner. "¿Tienen nombre, no? ¿Me estás diciendo que nadie nunca patinó hacia abajo de las Curvas?"

"Es verdad", dijo el muchacho. "Y tú tampoco lo harás".

"Discúlpame", dijo Tanner. "Tu también te equivocas sobre eso".

Antes que ninguno pudiera moverse, Tanner estaba sobre la patineta colina abajo. Las primeras curvas eran fáciles. A medida que patinaba en carrera colina abajo, aumentó la velocidad. Lo estaba haciendo bien en las primeras curvas, pero se dio cuenta que estaba acercándose demasiado a los bordes en cada esquina.

La curva final fue la más difícil. Era una curva muy aguda. Tanner se inclinó firme hacia adentro mientras giraba. Estiró sus brazos hacia afuera y dobló sus rodillas para mantener el equilibrio.

Las ruedas traseras temblaron.

Tanner se tambaleó, pero se mantuvo parado sobre la patineta. Finalmente, llegó al último tramo. Movió su puño arriba de su cabeza como señal de victoria.

Era la primera vez que se había sentido bien sobre su casa nueva.

Capítulo 6

Bennett Parsons III

Tanner nunca dejó de sonreír, a pesar de la larga caminata colina arriba hasta la cima de las Curvas. Los tres muchachos que estaban en la cima también sonreían.

"No estuvo nada mal", dijo el del medio. "Yo soy Bennett Parsons Tercero".

De repente, Tanner supo lo que significaba "BP III" en su mochila". Este es Will", dijo Bennett, haciendo gestos hacia el niño a la izquierda. "Y este es Brock".

"Hola", dijo Tanner, saludando con la cabeza a los niños.

Después de una pausa silenciosa incómoda, Tanner habló. "De modo que, ¿ninguno de ustedes usa patineta?"

Will comenzó a contestar, pero Bennett lo interrumpió. "Ah, no", se burló. "Nosotros no. Tenemos mejores cosas que hacer".

"Lo que tú digas, BP Tres", dijo Tanner. "Pero no sabes lo que te pierdes".

"Mi nombre es Bennett", dijo. "Nadie me llama de ninguna otra manera".

"Muy bien", dijo Tanner. Tanner repasó con la mano su patineta. Tiró con fuerza una pequeña astilla de madera que estaba saliéndose del borde.

Los tres niños se acercaron por un momento. Luego Bennett habló.

"Esa fue una muy buena patinada", dijo. "Deberías probar las barandas".

Tanner dio una mirada hacia abajo de la colina. En la mitad yendo hacia abajo de las Curvas, en medio de las dos curvas cerradas en pendiente, había una pequeña escalera de piedra. Los escalones estaban justo entre la fuente y la estatua.

A lo largo de los escalones había dos grupos de barandas. Había una separación de tres pies entre las barandas.

"Sería muy bueno ver cómo patinas sobre las Curvas y las barandas", dijo Bennett. "Si puedes hacerlo, puede ser que le caigas bien a todos los que viven por aquí".

Tanner contempló el desafío. Él sabía que no sería fácil. "No estoy interesado en caerle bien a todos los que viven por aquí", dijo Tanner. "Pero lo haré de cualquier manera".

Bennett y Brock se sonrieron. Tanner sabía que ellos querían que él fallara.

Luego Tanner miró a Will. A Will se lo veía preocupado.

Tanner sonrió. "Sabes qué, BP Tres", dijo. La sonrisa de Bennett desapareció de su cara. "Si puedo bajar por las barandas, ¿qué te parece si tú tratas de hacerlo?"

Bennett miró al cielo mostrando descontento. "De acuerdo", dijo.

Tanner se fue. Esta vez las curvas eran más fáciles. Lo aprendió en su primer viaje hacia abajo, y esta vez fue más suave. Mantuvo sus ojos enfocados en las barandas a medida que se acercaba a ellas.

Tanner giró definidamente a la derecha, cruzando hacia atrás. Todavía faltaba un giro antes de las barandas. Él se acomodó mientras giraba hacia la derecha.

Se preparó para el salto arriba de la primera baranda.

Había saltado sobre barandas millones de veces. Pero nunca lo había hecho a esa velocidad y nunca lo había hecho en una pendiente tan empinada.

Tanner se movió hacia abajo sobre su patineta y se estiró mientras saltaba con ímpetu sobre la primera baranda. Se deslizó usando el frente y el costado de la patineta. Las ruedas delanteras irían sobre la baranda, y la mitad de su patineta se deslizaría hacia abajo de la baranda.

El pie izquierdo de Tanner estaba hacia adelante. Pasaría por la primera baranda mirando hacia arriba de la colina, luego trataría de hacer un giro de 180 grados y bajaría por la segunda baranda.

La patineta parecía pegada a sus pies. Se veía perfecto. Tanner dio un salto hacia arriba de la primera baranda.

"¡Qué bueno!" exclamó Will. Bennett lo miró enojado.

Tanner se sintió muy confiado. Lo había logrado. Miró a los niños en la cima de la colina y se sonrió. Sin embargo, cuando miró hacia abajo de la baranda, la separación entre las barandas estaba más cerca de lo que pensaba.

Sus piernas se movieron hacia abajo tratando que el aire lo impulsara y pudiera cubrir la separación. Pero era demasiado tarde. La patineta se salió de la primera baranda y no tuvo la fuerza suficiente que necesitaba para llegar a la segunda.

Mientras trataba de hacer un giro de ciento ochenta grados, su pie derecho se resbaló de la patineta. Ahora estaba girando, cayendo, golpeándose con fuerza. Su tobillo izquierdo golpeó la baranda.

La patineta rebotó en la baranda y le golpeó la cara. Trató de agarrarse de la baranda con el brazo pero no pudo.

Aterrizó con fuerza sobre el jardín de flores, pero iba demasiado rápido para detenerse tan pronto.

Cayó pesadamente sobre rosas y tulipanes hasta que un arbusto lo detuvo justo a tiempo de golpearse con la otra parte del sendero pavimentado.

Tanner estaba boca abajo, inmóvil. Le dolía el tobillo. Estaba raspado, golpeado y dolorido. Estaba sangrando por los pequeños pinchazos y lastimaduras causadas por las rosas.

Tanner se puso de espaldas y miró hacia arriba de la colina.

Los niños se habían ido.

Esa noche, mientras la mamá de Tanner sacaba las espinas de las rosas de los brazos y las piernas de Tanner, sonó el timbre. El padre de Tanner fue a atender la puerta. Tanner no podía escuchar la conversación, pero sabía con quién estaba hablando su papá . . . con la Sra. Parsons.

"No tardó mucho en venir", murmuró Tanner.

"¿Qué quieres decir con eso?" dijo su mamá.

"Estoy seguro que BP Tres fue derecho a su casa y le dijo a su mamá lo que pasó", contestó Tanner.

"¡Tanner!" dijo. "Me sorprende tu conducta. Ese muchacho puede haberte incitado a hacerlo, pero tú fuiste el que lo hizo".

Tanner se sintió avergonzado. Sabía que ella tenía razón. Sin embargo no le importaba. Para Tanner, lo que había pasado ese día era prueba de que él no pertenecía en ese vecindario. Luego su papá vino con la noticia.

"Bueno, Tanner", dijo su papá, "prohibieron las patinetas también en el parque. Y me dieron la factura por las reparaciones".

Tanner se paró, sus hombros hundidos y subió las escaleras hacia su cuarto.

La mañana siguiente, el papá de Tanner lo despertó con una sorpresa. "Vamos, Tanner, levántate y vístete", dijo. "Tengo que ir al vecindario donde vivíamos. Puedo dejarte en el parque si quieres".

Tanner se levantó de la cama en un segundo. Los golpes y lastimaduras del día anterior todavía le dolían, pero pretendió no darse cuenta. En pocos minutos, tenía la ropa puesta y la patineta en la mano, y ya salía por la puerta.

Le pareció eterno el camino hasta el parque. Le costó esperar. Cuando llegaron al parque, Tanner saltó del auto. "Estaré de vuelta a las cuatro", dijo su papá. "Tienes seis horas".

"¡Muy bien, Papá!" contestó Tanner. Dejó caer su patineta al piso y comenzó a deslizarse camino al parque. "Nos vemos".

Tanner podía ver a Billy en la rampa en forma de U. Se deslizó hasta allí lo más rápido que pudo. Billy se inclinó sobre el borde y comenzó a bajar de la rampa antes de escuchar a Tanner.

"Oye, Billy", gritó Tanner. "¡Veamos que tienes para mostrarme hoy!"

Billy estaba tan sorprendido que perdió el balance al final de la rampa y se cayó de la patineta.

"¡No mucho, por lo que veo!" dijo Tanner.

Billy no se había lastimado. "¡Hola!" dijo Billy. ¿Qué haces aquí? ¿Te mudas de vuelta?"

"Ojalá", dijo Tanner. Golpearon sus puños saludándose y se dirigieron hasta la cima de la rampa en forma de U. Tanner le explicó que solo había venido a pasar el día.

Y allí se fueron. Se persiguieron uno al otro, probando trucos nuevos y desafiándose.

En la mitad de la tarde, Tanner se dio cuenta que había otro muchacho de su edad en el otro lado del parque. "Ese es el chico nuevo", dijo Billy. "Solo viene los fines de semana. Es muy callado, pero parece bueno".

Algo le parecía familiar acerca de ese niño, Tanner pensó. Era difícil darse cuenta con el casco y los protectores, pero pensó que lo conocía. No había duda que era un buen patinador. Todo lo que probaba se veía muy natural. A medida que el niño se acercaba, Tanner pudo verle cara por un momento.

"No lo puedo creer", dijo Tanner mientras el chico se acercaba. "¡Eres tú!"

Chapter 8

Un plan nuevo

"¿Tú eres Will, verdad?" le dijo Tanner. Él asintió con la cabeza.

"Tú eres el amigo de BP Tres", dijo Tanner. Le dio la mano. "Yo soy Tanner", dijo. "¿Qué haces por aquí?"

"Mis padres se separaron y mi papá vive en este vecindario", dijo Will. "Por lo tanto vengo todos los fines de semana".

"Creía que los chicos de Woodville no se rebajaban a usar patinetas". Tanner se rió con ironía.

Will sonrió. "A algunos de nosotros nos gusta usar la patineta. Pero hay algunas personas a quienes no les gusta".

Tanner se dio cuenta lo que Will quiso decir . . . la familia Parsons. "Ellos gobiernan todo el vecindario", dijo Will. "Pero Bennett es bueno, una vez que llegues a conocerlo".

"No creo que eso vaya a suceder", dijo Tanner. "No después de lo que pasó ayer".

"Esa fue una buena patinada", dijo Will. "Hasta que te caíste, eso es".

Los dos se rieron. "Billy y yo jugamos este juego en el cual tratamos de hacer los mismos trucos", dijo Tanner. "¿Quieres probar?"

Will asintió con la cabeza y allí fueron. Las siguientes horas, los muchachos trataron de hacer los mismos trucos en la rampa en forma de U, las barandas, las otras rampas, en todos lados.

Al llegar las cuatro en punto, Tanner vio a su padre llegar al parque en su auto. Era hora de irse.

"Fue divertido", dijo Will. "Gracias".

"De nada", dijo Tanner. "Después de todo, los niños de Woodville no son tan malos".

Will se río. "Espero que el niño nuevo no haya arruinado todo para el resto de nosotros en Woodville", bromeó. "Ahora el único lugar en el que puedes usar la patineta es en tu propio jardín". Will y Billy se rieron, pero Tanner no se rió.

"Era una broma", dijo Will. "No tienes por qué enojarte".

"No, no estoy enojado", dijo Tanner. "Lo que dijiste me dio una idea".

Capítulo 9

La gran idea

Tanner le explicó su idea a Will y Billy. A los dos les gustó, pero Billy no estaba seguro de que Will pudiera lograrlo.

"No creo que tu papá lo apruebe", dijo Billy. "Pero si lo hace, cuenta conmigo".

"¡No cuesta nada tratar!" dijo Tanner. "Nos vemos".

Tanner se dirigió hacia el auto. Puso la patineta en el baúl y se sentó en el asiento delantero.

"¿Cómo te fue? ¿Te divertiste con tus viejos amigos?" preguntó el padre de Tanner.

"Sí, estuvo genial", dijo Tanner. "Y también estaba un chico de Woodville. Viene todos los fines de semana. Su padre vive aquí".

Viajaron en silencio por un rato. Tanner trataba de pensar una manera de explicarle la idea a su papá. Era una gran idea, pero sería difícil convencer a un padre de que dijera que sí. Tanner pensó que necesitaría preguntar en la forma adecuada.

Para Tanner, había una sola forma de hacerlo. Tendría que hacer una broma con eso.

"Papá", comenzó. "Tú sabes que me encanta la alberca, ¿no? Bueno, creo que me encantaría aun más si fuera.....".

Hubo una pausa. Aún Tanner no estaba seguro si podría decir la próxima palabra.

"¿Qué?" dijo su padre. "¿Si fuera qué? ¿Más grande? ¿Más profunda?"

"No", dijo Tanner. "Creo que aún me gustaría más si estuviera vacía".

"¿De qué estás hablando?" preguntó el padre de Tanner mientras se reía.

"Quisiera que algunos de los chicos vinieran a casa y hacer una competencia de trucos en la alberca", dijo Tanner. "Con nuestras patinetas".

"Hmm", dijo su padre. Hubo un largo silencio.

"Interesante".

Tanner hizo todas las promesas que se le ocurrieron. Podrían llenarla de nuevo una vez que terminaran. No arruinarían los bordes. Él ayudaría a pagar el agua para volver a llenarla. Todo.

"Bueno, bueno, tranquilízate", dijo el padre de Tanner. "Déjame hablar con tu mamá sobre esto".

Esa noche, los padres de Tanner lo llevaron hasta la alberca. El nivel del agua ya estaba a un pie menos de lo normal. Tanner supo lo que eso significaba.

"Bueno, ya viene tu cumpleaños", dijo la mamá de Tanner. "Pensábamos que podría ser tu fiesta de cumpleaños".

"¡Esto va a ser increíble!" gritó Tanner.

Capítulo 10

Tanner no perdió tiempo dándoles a todos la noticia. Le dijo a Will que les avisara a los chicos de Woodville que quisieran patinar. Will dijo que traería cinco o seis amigos.

"¡Buenísimo!" dijo Tanner. "Asegúrate que no sean muchos. Mis padres dijeron no más de diez". A Tanner le causó gracia invitar a su fiesta a chicos que no conocía. Sin embargo ellos tenían una cosa en común, y era andar en patineta.

Cuando llego el día de la fiesta, Tanner se levantó temprano. Se pasó toda la mañana asegurándose de que todo estuviera bien.

La alberca estaba completamente vacía y lista. La comida estaba preparada y las bebidas en la hielera.

Ahora todo lo que necesitaba era gente.

Billy fue el primero en llegar. Sus padres lo trajeron desde el viejo vecindario. Will llegó unos minutos más tarde. Él vino con tres chicos y una chica. Pero Bennett no vino. Tanner los llevó hasta el jardín de atrás de su casa. "¿Dónde está mi viejo amigo BP Tres?" él bromeó. "¡Estoy sorprendido que no esté aquí!"

"No le dije que viniera", dijo Will. "Creí que él se enojaría conmigo si venía".

Muy pronto, los chicos estaban deslizándose con energía hacia arriba y abajo de las paredes de la alberca.

Al principio, los chicos de Woodville estaban un poco tambaleantes.

Alguno de ellos no andaban mucho en patineta y no querían tratar nada muy riesgoso.

Tanner y Billy les mostraron cómo hacer algunos trucos simples. En poco tiempo, estaban volando alrededor, tratando de hacer giros de ciento ochenta grados y trucos aún más difíciles. Unos a otros se gritaban alentándose cuando les salían bien los trucos y se ayudaban cuando alguien se caía.

Después de un rato, Tanner se sentó en el patio y los observó a todos. "Parece que hiciste amigos", dijo su mamá. Ella se sonrió. "¿Vamos a volver a tener una alberca de nuevo o este será ahora un parque de patinetas?"

"Tendremos una alberca de nuevo", dijo Tanner, "porque tendremos un parque para patinetas en Woodville antes de que termine con esto".

"No estoy segura de eso", dijo la mamá de Tanner. "Tienes que convencer al comité y eso no va a ser fácil".

"Lo sé", dijo Tanner.

"Hablando del comité", dijo su mamá, "¿dónde está el chico Parsons?"

"No le gusto mucho", dijo Tanner. "Will ni siquiera le dijo sobre la fiesta".

"Eso es raro", dijo ella. "Juraría que lo vi afuera junto a la cerca sosteniendo una patineta hace un rato. Pensé que estaba en camino hacia el portón del fondo".

Capítulo 11

A encontrar a BP III

Tanner se levantó de pronto. Corrió hacia el portón del fondo y salió. Nadie estaba ahí.

"¿Estás segura que lo viste?" le preguntó a su mamá.

"Sí", dijo. "Quizás tú y Will deberían ir a buscarlo".

Tanner encontró a Will y le contó lo que pasó. Fueron hacia la casa de Bennett. Cuando doblaron la esquina del parque, no podían creer lo que vieron.

Allí, en la cima de las Curvas, estaba Bennett Parsons III. ¡Tenía una patineta! Will comenzó a llamarlo, pero Tanner lo detuvo. "Shh", dijo Tanner. "Veamos qué hace".

Los chicos se quedaron escondidos detrás de un arbusto. En la cima de la colina, Bennett movía la patineta hacia atrás y hacia adelante, respirando profundo.

Se lo veía listo. Luego se subió a la patineta y comenzó a bajar desde las Curvas. Tambaleó un poquito antes de llegar a la primera curva. Pero allá iba alrededor de la primera curva.

Bennett fue todo el camino hacia abajo de las Curvas muy despacio. Un par de veces desaceleró la patineta de tal manera que casi la detiene por completo. Pero nunca se cayó y las últimas curvas las hizo bastante rápido. Cuando llegó al tramo final, levantó su puño en el aire, como lo había hecho Tanner.

Capítulo 12

Un aliado clave

De repente, Tanner y Will vieron a Bennett de una forma diferente a como lo habían visto antes. Salieron de detrás del arbusto y lo alentaron.

"¡Excelente!" dijo Will. "¡Qué bien!"

"¡Muy bien, BP III!" gritó Tanner. "¡Estuvo muy bien!"

Bennett se detuvo. "¿Qué están haciendo estos dos payasos aquí?" preguntó él.

"Oh, relájate", dijo Tanner. "No viniste a mi casa, por lo tanto vinimos a buscarte".

"No sabía que podías patinar así", dijo Will contento.

"Sí y no sabía que eras tan bueno",
bromeó Tanner.

"No ando en patineta", dijo Bennett.

Tanner se rió. "Um, ¡creo que recién lo
hiciste!" dijo.

"Bueno, quería probar", dijo Bennett. "Lo
hice. Ahora ya no lo hago más".

"Hombre", dijo Tanner moviendo su
cabeza. "Tienes que aprender a relajarte".

"Ven a la fiesta con nosotros", dijo Will.
"Está muy divertida".

Bennett lo pensó por un segundo.

"Bueno", dijo, "se veía que ustedes se
estaban divirtiendo allá atrás".

Bennett volvió a la fiesta con los chicos.
No estaba listo para usar la profundidad de
la alberca como una rampa en forma de U.

Pero empezó al final de la parte baja yendo para adelante y para atrás un poco.

A medida que pasaba el día, Bennett se iba relajando más.

Aprendió que patinar era realmente divertido, especialmente cuando se aprende lo suficiente para probar algunos trucos.

"¿Te estás divirtiendo?" le preguntó Tanner a Bennett más tarde.

"Sí", dijo Bennett. "Esto es fabuloso".

"Es aún mejor cuando estás en un parque de patinetas real", dijo Tanner.

Él tenía un brillo en sus ojos. "Veremos si podemos conseguir que se construya uno en Woodville".

"Ni en sueños", dijo Bennett.

"¿Por qué no?" dijo Tanner. "Hay mucho lugar cerca de las Curvas. Y si nosotros tuviéramos un lugar donde se nos permitiera patinar, no tendríamos que hacerlo en ningún otro lugar".

"Buena observación", dijo Bennett. "Hmm, déjame pensar".

* * *

Bennett y Tanner pasaron las próximas semanas preparando su plan para reunir dinero y convencer al comité que construyera un parque de patinetas en Woodville.

Tanner sabía que no sería fácil que el comité estuviera de acuerdo. Pero con Bennett de su lado, pensó que tendrían una oportunidad.

Mientras tanto, hizo planes con sus amigos, los nuevos y los viejos.

"Hola, Tanner", dijo Will. "Mi papá dijo que te puedes quedar con nosotros los fines de semana si quieres. ¡Así podemos ir a patinar al parque de tu antiguo vecindario!"

"¡Qué bueno!" respondió Tanner. "Y cuando el parque de mi nuevo vecindario esté listo, ¡podremos ir un fin de semana a cada uno!"

Sobre el autor

Bob Temple vive en Rosemount, Minnesota, con su esposa y sus tres hijos. Él ha escrito más de treinta libros para niños. A través de los años, él ha entrenado a más de veinte equipos de fútbol, baloncesto y béisbol de niños. También le gusta mucho visitar escuelas y dar charlas sobre sus libros.

Sobre el ilustrador

Sean Tiffany creció en una isla pequeña en la costa de Maine. Todos los días, desde sexto grado hasta que se graduó de la escuela secundaria, tenía que tomar un bote para llegar a la escuela. Cuando Sean no está trabajando en su arte, trabaja en un proyecto de multimedia llamado "OilCan Drive", el cual combina música y arte. Tiene un cactus llamado Jim como mascota.

Glosario

aliado - alguien que está de tu lado o a tu favor

ascenso – promoción en el trabajo, realizando un trabajo nuevo o más importante

comité – un pequeño grupo de personas que toma decisiones sobre un grupo más grande de gente

desafío – algo que es difícil o requiere esfuerzo extra

inmóvil – sin moverse

reglas – un acuerdo o promesa de realizar algo

protección/protector – cuidar una persona o una cosa para mantenerla a salvo

Preguntas para discutir

1. ¿Qué podría haber hecho Tanner al principio para tratar de que la gente lo aceptara en el vecindario nuevo?

2. A Tanner le gusta ser un sabelotodo. ¿Puedes pensar en algunos momentos en el cuento en los que él no debería haber actuado así?

3. ¿Qué razones deberían usar Tanner y Bennett para convencer al comité que construyera un parque de patinetas en Woodville?

Sugerencias para composición

1. Si una persona nueva se muda a tu vecindario, ¿cómo la tratarías? ¿Qué harías para que se sienta cómoda?

2. En este cuento, Tanner tiene que ajustarse a vivir en una ciudad nueva. Escribe sobre tu vida cuando hayas tenido que ajustarte a una situación difícil y nueva.

3. Mudarse lejos de Billy fue difícil para Tanner. Se mantenían en contacto usando mensajes instantáneos. ¿Cómo te mantendrías en contacto con tus amigos si te mudaras?

Términos sobre patinetas o skateboarding

180 – un giro en el cual la persona en la patineta comienza enfrentando una dirección y realiza medio giro en el aire

360 – un giro en el cual la persona que usa la patineta hace un giro completo en el aire

Grind – usar la patineta sobre una superficie como el borde de la acera o barandas, haciéndola deslizar no con las ruedas sino con la parte de debajo de la patineta

Halfpipe – rampa en forma de U, superficie donde se usa la patineta con dos rampas curvas enfrentadas, conectadas por una superficie plana. Arriba de cada rampa se encuentra un espacio para aterrizar luego del salto.

Kickflip – un truco en el cual el que usa la patineta hace girar la patineta en el aire y luego cae sobre ella

Ollie – un truco en el cual el que usa la patineta salta en el aire y la patineta parece estar pegada a sus pies

Rampa – una superficie inclinada para andar en patineta

Cola – la parte de atrás de la patineta